Adolphe Carcassonne

Le pacte

Antigonos

Adolphe Carcassonne

Le pacte

Réimpression inchangée de l'édition originale de 1878.

1ère édition 1878 | ISBN: 978-3-38662-283-7

Antigonos Verlag est une marque de Outlook Verlagsgesellschaft mbH.

Verlag (Éditeur): Outlook Verlag GmbH, Zeilweg 44, 60439 Frankfurt, Deutschland
Vertretungsberechtigt (Représentant autorisé): E. Roepke, Zeilweg 44, 60439 Frankfurt, Deutschland
Druck (Imprimerie): Libri Plureos GmbH, Friedensallee 273, 22763 Hamburg, Deutschland

ADOLPHE CARCASSONNE

LE PACTE

LÉGENDE EN UN ACTE

EN VERS

GENÈVE

A. CHERBULIEZ & Cie

LIBRAIRES-ÉDITEURS

1878

PERSONNAGES

<table>
<tr><td>Ultima</td><td>Mesdames Lucy Pernay</td></tr>
<tr><td>Vita</td><td>Geneviève</td></tr>
<tr><td>La baronne de Gesten</td><td>Jeanne Smith</td></tr>
<tr><td>Berthe, sa fille.</td><td>Bertini</td></tr>
<tr><td>Carl de Reuss</td><td>MM. Monin</td></tr>
<tr><td>Franz, vieil intendant de la baronne.</td><td>James</td></tr>
</table>

L'action se passe au château de Gesten, en Bohème,

au treizième siècle.

LE PACTE

LÉGENDE EN UN ACTE, EN VERS

Le jardin du château de Gesten. — A gauche, au premier plan, un banc de gazon ; un peu en arrière du banc, un massif de fleurs ; du même côté, au second plan, deux marches conduisant à l'entrée d'une chapelle. — Au fond , un parterre de fleurs coupé de massifs d'arbres.

Au lever du rideau, Franz sort de la chapelle.

SCÈNE PREMIÈRE

FRANZ

Ce matin, quand le jour naissait à l'horizon,

Un éclair est passé comme un rouge tison,

Et dans les bois, plongés encor dans les ténèbres,

La chouette a poussé trois cris lents et funèbres.

J'ai frémi de terreur... Dans un vieux parchemin

Que jadis le hasard fit tomber sous ma main,

J'ai lu que la maison de Gesten fut maudite

Dans un de ses aïeux par un pieux ermite,

Qu'il adviendrait un jour où de cette maison

Une fille pourrait conserver le blason,

Mais qu'avant dix-sept ans la mort l'aurait ravie

Si pour elle quelqu'un ne donnait pas sa vie.

Et notre demoiselle est si mal !.. c'est pourquoi

Ce matin j'ai senti mon cœur saisi d'effroi ;

C'est un sinistre avis que le malheur nous donne ;

Aussi, je suis venu devant notre Madone,

Et je l'ai bien longtemps priée à deux genoux

Pour que sa bonté sainte intercède pour nous.

La Baronne et Carl entrent dans le jardin.

C'est Madame... le deuil se lit sur son visage ;
Je n'ose lui parler de ce triste présage.

Il sort.

SCÈNE II

LA BARONNE. — CARL.

CARL

Vous m'avez dit un jour : — Quand les roses de mai
Ouvriront au soleil leur calice embaumé,
Quand le printemps rira sous sa couronne verte,
Le jour sera venu, vous épouserez Berthe. —
Les roses vont fleurir et semblent m'annoncer
Que mon bonheur s'apprête.

LA BARONNE

                    Il faut y renoncer.

CARL

O mon Dieu !

LA BARONNE

        Je comprends vos soudaines alarmes ;
Mais voyez dans mes yeux la trace de mes larmes.
Depuis longtemps mon cœur vainement se défend
Des craintes que j'éprouve auprès de mon enfant ;

Eh bien ! par le docteur ma Berthe est condamnée ;

Hélas ! elle s'éteint... — C'était sa destinée,

M'a-t-il dit, en Dieu seul confiez votre espoir. —

C'est affreux, n'est-ce pas ?

CARL

Affreux !

LA BARONNE

Il me faut voir

Ce pauvre ange, ignorant que déjà Dieu l'appelle,

Planer dans l'idéal qui s'est ouvert pour elle,

Abandonner son cœur dans un horizon d'or,

Et parler de longs jours en face de la mort.

CARL

Perdre Berthe !

LA BARONNE

Le but de toutes mes pensées

Etait d'unir bientôt vos âmes fiancées ;

C'était mon plus beau rêve, elle vous aime tant !

Dieu ne l'a pas permis... il est juste pourtant.

CARL

Il faut donc nous courber devant sa loi suprême !

Cependant c'est par lui que l'on croit, que l'on aime,

C'est lui qui d'un rayon de sa divinité

Fit éclore l'amour sur le monde enchanté,

C'est lui qui joint les cœurs dans sa pensée auguste,

Qui les ouvre à l'espoir... eh bien! ce Dieu si juste

Souffle sur le bonheur quand il l'a fait rêver;

Il me fait aimer Berthe et va me l'enlever!

Ah! je blasphémerais!

LA BARONNE, apercevant Berthe.

Contenez-vous, c'est elle.

CARL, à part et regardant Berthe qui entre.

Je n'avais pas compris cette pâleur mortelle.

SCÈNE III

LA BARONNE. — CARL. — BERTHE.

LA BARONNE

Bonjour, Berthe.

BERTHE

Bonjour, ma mère.

Elle aperçoit Carl.

                                        Ce matin

D'un jour d'enchantements est l'augure certain ;
Vous et Carl !

LA BARONNE

Chère enfant !

BERTHE

                              Les lilas et les roses

Tout à l'heure à mon cœur disaient de douces choses ;
Leurs parfums en montant vers moi me ravissaient ;
Chères fleurs ! on eut dit qu'elles me connaissaient.

CARL

Mais vous êtes, je crois, un peu de leur famille.

BERTHE

Non ; Dieu m'a fait un sort plus heureux ; la fleur brille,
Une fraîche senteur remplit son encensoir,
Mais éclose à l'aurore elle est morte le soir ;
Tandis que moi, joyeuse et l'âme satisfaite,
Je rêve de longs jours de bonheur et de fête ;
L'espoir, comme un soleil, sourit à mon destin,
Et le soir est encor bien loin de mon matin...

A ce moment, Ultima, vêtue d'une robe blanche, longue et droite,
traverse le fond du jardin ; Berthe s'interrompt tout à coup, elle
chancelle et elle porte la main sur son cœur. La baronne s'approche
d'elle avec empressement.

LA BARONNE

Qu'as-tu donc, mon enfant?

BERTHE, avec effort.

Rien...

LA BARONNE

Ma Berthe !..

Ultima disparaît lentement.

BERTHE, se remettant.

Une étreinte

M'a pris le cœur... cela n'est rien... soyez sans crainte,
Je me sens mieux... tous deux vous avez eu grand peur...
Peut-on bien s'effrayer à propos de vapeur !

LA BARONNE

M'effrayer, moi ! la chose est fort peu sérieuse ;
Regarde, en te voyant je me sens si joyeuse
Que je ris...

Elle rit avec effort.

Vous ont-ils inspiré quelque poème tendre,
Ou l'un de ces lieds que vous faites si bien
Et qui de votre cœur viennent droit jusqu'au mien ?

CARL

Vous êtes tout pour moi, tout, la muse que j'aime,
Le sujet radieux de mon plus cher poème,
Mon souffle inspirateur, l'ange que Dieu m'élut
Pour faire ouvrir mon cœur et frissonner mon luth,
Berthe... mais je cherchais votre vue adorée;
Je voulais que mon âme ainsi fut éclairée
Aux lumineux rayons qui naissent sur vos pas;
Et je n'ai pas chanté, je ne vous voyais pas.

BERTHE

Carl, vous m'aimez donc bien?

CARL

Si je vous aime, Berthe !
Je voudrais qu'à vos yeux mon âme fût ouverte;
Comme dans un miroir transparent et profond,
Vous verriez votre image en regardant au fond.

CARL, à part.

Pauvre mère ! Dieu sait ce qu'elle doit souffrir.

LA BARONNE

Je sors quelques instants, ma fille... une visite
Obligée...

BERTHE

Allez, mère, et revenez bien vite ;
Loin de vous je me sens moins heureuse.

LA BARONNE, à part.

O mon Dieu !

Elle sort.

SCÈNE IV

CARL. — BERTHE.

BERTHE

Eh bien ! mon cher rêveur, les rayons du ciel bleu,
L'hymne frais que la brise en passant fait entendre,

Mais il me faut encor... des titres... une lettre
Doit me les porter...

BERTHE

Quand ?

CARL

Bientôt, demain peut-être ;
Chaque jour je l'attends, ma Berthe, chaque jour
Est un nouveau délai bien long pour mon amour ;
J'en souffre, croyez-moi, mais le devoir m'ordonne
D'assurer le bonheur de l'ange qu'on me donne.

Il fait quelques pas vers la porte.

BERTHE

Vous me quittez ?

CARL

Je vais écrire encor, je veux
Recevoir cette lettre, objet de tous mes vœux.

Il baise la main de Berthe et il sort.

SCÈNE V

BERTHE

Son âme est dans sa voix quand il me dit qu'il m'aime ;

Ses aveux sont toujours un écho de moi-même ;

Mais je n'ai pas osé mettre dans mes accents

Toute l'expression du bonheur que je sens.

Oui, mon cœur est à toi, cher Carl, dans ma pensée

Ton image adorée est toujours retracée ;

Je t'aime !..

Elle porte la main à son cœur.

Qu'ai-je donc ?..

Pendant les dernières paroles de Berthe, Ultima est parue au fond du jardin ; elle a les traits d'une femme et elle porte la même robe blanche et droite.

BERTHE, en se dirigeant péniblement vers le pavillon.

Ah !.. mon cœur s'engourdit...

Carl !.. Carl !.. est-ce la mort ?..

Elle se laisse tomber sur un banc dans le pavillon ;
Ultima entre en scène.

SCÈNE VI

BERTHE, dans le pavillon. — ULTIMA

ULTIMA

Oui, la Mort ; c'était dit.
Elle est à moi, ses jours vont finir, elle passe
Comme l'étoile d'or qui s'éteint dans l'espace,
Comme l'écho d'un chant pur et mélodieux
Naît et s'évanouit dans les airs radieux.
Dieu sème dans la vie afin que je moissonne ;
Soumise à ses décrets j'attends que l'heure sonne,
Et j'arrive.

Elle va regarder Berthe.

Le froid de mon souffle l'atteint ;
Son visage blémit... c'est le chant qui s'éteint ;
C'est l'astre qui pâlit à l'heure matinale...

Elle fait un pas vers le pavillon.

Il suffit de toucher sa lèvre virginale ;

Un seul instant la mienne ira s'y reposer,

Et son âme viendra dans ce premier baiser.

L'heure est venue, allons !

Elle va vers le pavillon ; Vita paraît au fond, à gauche, et elle fait un geste comme si elle rendait la liberté à un oiseau.

VITA

Va, pauvre tourterelle !

Un milan t'emportait dans sa serre cruelle ;

De chacun ici-bas je prolonge les jours ;

Va-t-en, petit oiseau, retourne à tes amours.

Elle aperçoit Ultima.

La Mort! c'est elle encor !

Elle s'approche.

SCÈNE VII

BERTHE, dans le pavillon. — ULTIMA. — VITA.

VITA

Dans la nuit de la tombe

Tu n'emporteras pas ce pauvre ange qui tombe ;

Tu ne glaceras pas ce cœur de dix-sept ans ;
Je suis la Vie.

ULTIMA

Eh bien ! que me veux-tu ?

VITA

J'attends
De te voir épargner cette existence frêle.

ULTIMA, impassiblement.

Berthe est à moi.

VITA

Du ciel je viens veiller sur elle ;
Je viens la protéger, la préserver de toi;
Tel est mon but, mon but sacré.

ULTIMA

Berthe est à moi.

VITA

Puisqu'il faut que chacun ici-bas te connaisse,
Pourquoi viens-tu chercher la grâce et la jeunesse ?
Pourquoi préfères-tu ces cœurs purs, ces fronts blancs ?

Va, va plutôt vers ceux dont les pas sont tremblants,

Vers ceux qui sont courbés par la vieillesse austère,

Et qui pensent au ciel en regardant la terre.

Exerce sur eux tous ton pouvoir triomphant,

C'est juste, c'est ton droit... mais prendre cette enfant !

Eteindre dans les plis d'une funèbre toile

Le sourire éclatant de cette jeune étoile !

Epuiser cette coupe encor pleine de jours !

Non ! ce serait affreux !..

ULTIMA, avec la même impassibilité.

Berthe est à moi.

VITA

Toujours

Cette phrase cruelle, aveugle, irrévocable !..

Oh! c'est bien toi la mort froidement implacable ;

La mort qui devant elle ouvre un sillon de deuil,

Et voudrait transformer le monde en un cercueil.

Oui, c'est toi qui te plais aux douleurs infinies,

Aux cris de désespoir, aux râles d'agonies !

C'est toi le spectre affreux qui vient, sinistre et seul,

Sortant un doigt glacé des plis de son linceul,

Et qui voudrait, rêvant pour temple un ossuaire,

Entourer l'univers d'un immense suaire !

Va ! tu me fais horreur !

ULTIMA

                         Est-ce un ange des cieux,

Est-ce un hôte divin que j'ai devant les yeux?

Quel étrange discours!.. En vérité, je doute

De ta sainte origine alors que je t'écoute.

Je suis un spectre !.. Eh bien ! sache qu'entre nous deux,

Entre l'ange vivant et le spectre hideux,

C'est moi que Dieu revêt du plus haut caractère.

Ta mission unique est de peupler la terre,

Moi, par un ordre saint et providentiel,

Je fauche sur la terre et je peuple le ciel.

Telle est de notre but l'immense différence :

Tu prolonges l'exil, je suis la délivrance ;

Tu n'es que l'ombre obscure et je suis la clarté ;

Tu n'es que le moment, je suis l'éternité.

Ainsi, dédaigne moins la part que Dieu m'a faite.

Aux regards du mourant ma vue est une fête ;

L'être que je vais prendre et qui ferme les yeux

Entrevoit la splendeur éclatante des cieux,

Et dans leurs profondeurs vastes et solennelles,

Il écoute chanter les harpes éternelles...

Berthe est à moi...

Elle fait un mouvement vers la jeune fille.

VITA

Non, non !

ULTIMA

A quoi bon retarder

Le bonheur que déjà Dieu lui veut accorder ?

- Laisse monter au ciel cette âme chaste et belle...

Elle s'approche encore du pavillon.

Regarde ; elle sourit quand je m'approche d'elle,

Elle entrevoit le ciel...

VITA

Si Dieu t'envoie ici

C'est par sa volonté que je m'y rends aussi.

Ta présence toujours demande une victime,

Je le sais ; mais ton droit devient moins légitime

Près de Berthe.

ULTIMA

Un aïeul de Gesten fut maudit
Jusqu'en ses descendants; de plus il fut prédit
Que son nom passerait comme une vaine trace,
Et qu'une enfant, dernier rejeton de sa race,
Serait à dix-sept ans livrée à ma merci.
Ce fut dit dans le ciel.

VITA

Mais il fut dit aussi
Que si pour elle un autre abandonnait la vie,
Berthe vivrait.

ULTIMA

C'est juste.

VITA

Eh bien ! je te convie
A ce pacte sacré.

ULTIMA

J'y dois souscrire.

VITA

Et moi
Je vais chercher celui...

ULTIMA

Non, ce n'est pas à toi ;

Ce mandat m'est échu, tel est l'ordre suprême ;

Mais compte sur mon zèle autant que sur toi-même ;

J'en prends jusqu'à ce soir l'engagement sacré.

Avec intention.

J'ai dit : jusqu'à ce soir.

VITA

C'est juré.

ULTIMA

C'est juré.

Ultima s'éloigne et disparait derrière les massifs du jardin. — Vita s'éloigne du côté opposé en jetant un regard sur Berthe qui revient à elle et rentre en scène.

SCÈNE VIII

BERTHE

Ce n'était donc qu'un rêve... ah ! je frissonne encore...

Elle regarde autour d'elle.

D'une nuance d'or le ciel bleu se colore ;

Son sourire profond dans l'âme est refleté ;

Et l'air a tant de calme et de sérénité

Qu'un parfum de bonheur autour de moi s'élève...

J'ai donc rêvé... pourtant... était-ce bien un rêve?..

Un éblouissement sur mes yeux est passé,

J'ai senti mon cœur pris dans un frisson glacé;

Puis... j'ai dû m'endormir à ce moment, sans doute,

Puisque j'ai cru mourir...

Franz, en regardant derrière lui, entre du côté par où Ultima
est sortie.

SCÈNE IX

BERTHE. — FRANZ.

BERTHE, apercevant Franz.

Viens, mon bon Franz, écoute.

FRANZ

Qu'avez-vous, mon enfant ?

BERTHE

Je voudrais bien savoir

Si tout à l'heure, ici, j'ai rêvé... j'ai cru voir
Auprès de moi, la Mort...

FRANZ, à part.

O mon Dieu ! le présage !

BERTHE

Son haleine glacée effleurait mon visage ;
Puis, elle repoussait un autre ange, et sa main
Des régions du ciel indiquait le chemin.

FRANZ, à part.

Je frémis !..

à Berthe.

En effet, ce devait être un songe.

Avec une feinte légèreté.

Mais, vous le savez bien, un songe est un mensonge,
Et pour en pénétrer les augures divers,
Il faut l'envisager constamment à l'envers...
Je le sais par moi-même, ayez-en l'assurance :
Rêvez le désespoir, vous aurez l'espérance ;
La haine, c'est l'amour ; l'ombre, c'est la clarté ;
Quand on est au plus mal, c'est signe de santé ;
Et si l'on voit la Mort comme vous l'avez vue,

C'est la vie éclatante et de longs jours pourvue.

Ainsi, ma chère enfant, rassurez-vous...

Redevenant sérieux.

Pourtant

Si vous sentez faiblir votre esprit hésitant,

Si vous doutez encore, allez dans la chapelle

Où le silence veille, où la foi vous appelle ;

Epanchez devant Dieu vos craintes, il fera

Descendre le rayon qui vous éclairera.

BERTHE

Je ne crains rien, cher Franz, mais ce rêve est étrange,

Et je vais de ce pas implorer mon bon ange.

Elle entre dans la chapelle.

SCÈNE X

FRANZ

Va prier, pauvre enfant, va prier à genoux,

Va... c'est le dernier jour que tu vois parmi nous...

Les temps sont arrivés et la mort se révèle.

Je viens d'en acquérir une preuve nouvelle :

Tout à l'heure, en longeant les massifs, j'ai senti

Un vertige frapper mon front appesanti,

Et comme si le froid les eut soudain touchées

Ainsi que pour mourir les fleurs se sont penchées.

C'est la Mort qui, sans doute, a passé près de moi;

La Mort... oui, c'était elle, et j'ai grand peur, ma foi !

En la sachant ici, je frissonne ; à mon âge

On n'est pas rassuré par un tel voisinage.

Ultima longe les massifs d'arbres et vient en scène.

SCÈNE XI

FRANZ. — ULTIMA.

ULTIMA

Messire Carl de Reuss est-il encore ici?

FRANZ

Non ; je l'ai vu sortir presque en ce moment-ci.

ULTIMA

Il faut que je lui parle, et j'ai dans la pensée

Qu'il reviendra bientôt près de sa fiancée.

Suis-je trop indiscrète en l'attendant ?

FRANZ

Non, non.

D'un geste, il invite Ultima à s'asseoir sur le banc de gazon, mais celle-ci reste debout.

ULTIMA

Vous êtes maître Franz?

FRANZ

Tiens ! vous savez mon nom?

ULTIMA

Sans doute.

FRANZ

Ici pourtant vous êtes inconnue.

ULTIMA

Moins que vous le pensez... souvent je suis venue
Chez les nobles barons, et depuis fort longtemps
Je connais le domaine avec ses habitants.

FRANZ

Vraiment !

ULTIMA

Certe, et de plus je me suis aperçue
Que l'on m'a chaque fois très dignement reçue.

FRANZ, avec galanterie.

Je l'ignorais, madame, et j'en suis désolé.

ULTIMA

Tôt ou tard vous devez en être consolé ;
Il fut écrit là-haut, le jour de ma naissance,
Que chacun avec moi doit faire connaissance.

FRANZ

Et chacun, j'en suis sûr, doit en être flatté...
Habitez-vous ici ?

ULTIMA

Non pas, en vérité ;
J'ai choisi pour demeure un plus vaste domaine.

FRANZ

On l'appelle ?

ULTIMA

D'un nom étrange... *Race humaine.*

FRANZ

Le gérez-vous ?.. pardon d'un pareil sans-façon.

ULTIMA

Je ne le gère pas, mais j'y fais la moisson.

FRANZ, à part.

Quelque chose d'étrange entoure cette femme ;
Je le pressens...

à Ultima.

Ainsi vous êtes grande dame,
Et quelque haut baron sans doute est votre époux ?

ULTIMA

Non ; de ces titres vains mon cœur n'est point jaloux,
Et la voix de l'amour ne m'a jamais touchée.
Plus d'un amoureux fou pourtant m'a recherchée ;
Mais quand l'heure venait, pris d'un soudain émoi,
Ils refusaient toujours de s'allier à moi.

FRANZ

Je leur en veux beaucoup de leur mauvaise grâce ;
Mais, du moins, étaient-ils issus de noble race ?

ULTIMA

Peut-être... mais qu'importe orgueil ou vanité ?
Je fais autour de moi régner l'égalité.

Tous les rangs, quels qu'ils soient, à mes yeux sont les mêmes;

Obscurité, grandeurs, fiers blasons, diadèmes,

Fronts de peuple et de rois, vieux nom, titre nouveau,

Faisant un geste vers la terre.

Je passe tout cela sous le même niveau.

FRANZ

Quel langage profond! quelle philosophie !

ULTIMA

Pour aimer ces hochets qu'est-ce donc que la vie?

Un mot, un souffle vain, quelques moments passés.

Elle s'approche de Franz.

Y tenez-vous beaucoup?

FRANZ

Ma foi, j'y tiens assez;

On ne meurt qu'une fois, soit dit sans faire outrage

A votre beau discours.

ULTIMA

Je pensais qu'à votre âge

On craignait moins la mort.

FRANZ

Oh ! je ne la crains pas ;
Et si je me trouvais par hasard sur ses pas,
Je lui dirais...

ULTIMA, le regardant fixement.

Quoi donc ?

FRANZ, en hésitant.

Je ne sais pas, au juste.

ULTIMA

Vous auriez peur, je crois, à son aspect auguste.

FRANZ

Peut-être bien...

ULTIMA

Déjà vous semblez frissonner.

FRANZ

C'est très-possible...

ULTIMA

Alors si vous deviez donner
La vie...

FRANZ, l'interrompant.

Oh! non !..

à part.

Je suis fort mal à cette place...

Regardant Ultima.

Sa parole me pèse et son regard me glace.

ULTIMA

Votre âme est donc fermée à ce beau sentiment,
A cet instinct du ciel appelé dévouement?

FRANZ

J'ai toujours admiré celui qui se dévoue ;
Mais c'est aller peut-être un peu loin, je l'avoue,
Que de donner sa vie, et je ne me sens pas
Malgré tous mes efforts de franchir un tel pas.

ULTIMA

Ainsi, nul n'obtiendrait ce dévouement ?

FRANZ

Non, certe!

ULTIMA

Pas même un ami cher?

FRANZ

Non, non !

ULTIMA

Pas même... Berthe ?

FRANZ

Que dites-vous ?

à part.

J'ai peur... c'est peut-être...

ULTIMA

Ce nom

Vous déciderait-il ?

FRANZ, à part.

Je frissonne...

ULTIMA

Eh bien ?

FRANZ, avec effroi.

Non !

Je ne veux pas mourir !

ULTIMA

Rassurez-vous ; personne
Ne vous dit, maître Franz, que pour vous l'heure sonne.
Je causais seulement pour vous entretenir...

Après une pause.

Messire Carl de Reuss tarde fort à venir.

FRANZ, à part.

Quelle idée !

à l'Ultima.

En effet, ma surprise est extrême ;
Et si vous le voulez, je vais à l'instant même
Le chercher.

ULTIMA

Dites-lui qu'on le demande ici.

FRANZ

J'y cours...

à part.

Ah ! quel bonheur de m'en sortir ainsi !

Il sort.

SCÈNE XII

ULTIMA

Il refuse... il l'a dit et j'en suis bien heureuse.

Près du gouffre éternel que devant moi je creuse,

Les regards ont des pleurs, les bouches ont des cris;

Moi, je tue et je vais... les destins sont écrits.

Mais en me vouant toute à mes œuvres funèbres,

Parfois, comme une étoile au milieu des ténèbres,

Un rayon consolant daigne me visiter;

Quand l'âme d'une vierge au ciel doit remonter,

Quand cette âme s'exhale à ma première étreinte,

Je la mets chastement dans une coupe sainte

Qu'un ange du Très-Haut fit d'un seul diamant;

Je m'élance d'un vol dans le bleu firmament,

Et par les cieux profonds et les mondes de flamme,

Je vais aux pieds de Dieu porter cette belle âme.

Et Dieu sourit alors, et dans l'immensité

Le sourire suprême est soudain reflété,

Les archanges bénis font palpiter leurs ailes,

Les luths d'or font tomber les stances éternelles,

Le monde a des frissons, les cieux sont en émoi,

Et le regard de Dieu s'abaisse jusqu'à moi!

C'est l'ineffable joie à laquelle j'aspire...

Elle aperçoit Carl qui vient par le fond.

Voici Carl...

*Elle sort un papier qu'elle semble lire avec attention.
Carl entre.*

SCÈNE XIII

ULTIMA. — CARL.

CARL

Vous m'avez fait mander?

ULTIMA

Oui, Messire.

CARL

Et vous m'avez peut-être attendu bien longtemps?

ULTIMA

Non; je ne suis ici que depuis peu d'instants;

Mais un retard plus long ne m'eut pas éprouvée,
Car j'étais avec vous avant votre arrivée.

CARL

Ah !

ULTIMA, montrant le papier.

Je lisais des vers dont vous êtes l'auteur,
Des vers charmants que j'ai transcrits.

CARL

C'est trop flatteur.

ULTIMA

Vous les rappelez-vous ?

Elle lit :

— Parmi tous les parfums qui s'exhalent des roses
    Et des fleurs entr'ouvrant leur timide encensoir,
    Parmi les voix de l'air, parmi les douces choses
        Que nous porte le soir ;

    Parmi tant de senteurs que notre âme devine
    Et qui la font planer loin du monde réel,
    La plus douce est l'amour, l'amour, senteur divine
        Dont la fleur est au ciel. —

C'est frais et rempli d'âme.

CARL

Vous me jugez avec trop de bonté, Madame;
Je vous en remercie... Et pourrais-je savoir?..

ULTIMA

On m'a parlé de vous et j'ai voulu vous voir.

CARL

Vous me comblez.

ULTIMA

       Les vers tombés de votre lyre
Révèlent le parfum divin qui les inspire;
L'avenir est à vous, et sur votre chemin
La gloire en souriant déjà vous tend la main.

CARL

La gloire, avez-vous dit ?.. La gloire est un beau rêve
Qui bien souvent commence et rarement s'achève;
Son éclat suborneur éblouit aisément;
Mais il n'en reste rien que l'éblouissement.

ULTIMA

Quelle philosophie à votre âge!

CARL

Qu'importe

Le bruit sonore et creux que la gloire nous porte?

Le bonheur ne vient pas dans ce bruit trop vanté;

Et je n'ai pas cherché le mien de ce côté.

ULTIMA

D'un langage pareil je ne suis point surprise;

Je sais, messire Carl, que votre âme est éprise

D'un rêve, d'un seul rêve ineffable et charmant;

Vous aimez.

CARL

Je l'avoue, avec ravissement.

ULTIMA

Berthe, je crois...

CARL

Oui, Berthe.

ULTIMA

En vérité, j'hésite

A vous dire le but réel de ma visite.

CARL

Vous hésitez, Madame... ah! je ne sais pourquoi
Vous me faites trembler... parlez...

ULTIMA

                              Berthe est à moi.

CARL

Berthe est à vous! pourquoi?.. j'ai dû mal vous entendre.

ULTIMA

Berthe est à moi, Messire.

CARL

                    Ah! qu'osez-vous prétendre,
Et quel pouvoir, Madame, osez-vous invoquer?

ULTIMA

Je suis celle qui vient sans jamais y manquer ;
Mon pouvoir est celui que je tiens de Dieu même ;
C'est Dieu qui me prescrit ma mission suprême,
Et c'est encor par lui que je me trouve ici.

CARL

Mais qui donc êtes-vous pour me parler ainsi?

ULTIMA

Viens...

Elle s'approche du massif de fleurs et elle montre à Carl une rose épanouie dans toute sa fraîcheur.

Regarde.

Carl s'approche; Ultima touche la rose de son doigt; soudain la fleur se penche, les feuilles se détachent et tombent aux pieds de Carl.

CARL

La Mort!.. c'est bien toi, plus de doute;
C'est toi l'ange fatal que le monde redoute...
Ah! je sens sur mon front se dresser les cheveux!
La Mort!

Après un silence.

Ainsi tu veux prendre Berthe, tu veux
Fermer ce regard d'ange et couvrir de ton ombre
Des jours que j'ai rêvés radieux et sans nombre;
Tu veux jeter la nuit sur ma vision d'or;
Tu veux prendre à la fois mon amour, mon trésor,
Ce cœur qui m'appartient, cette âme qui m'exauce,
Et jeter tout cela dans le creux d'une fosse!..
Eh bien! je défendrai Berthe! je lutterai

Contre toi, contre Dieu ! je vous l'arracherai !..
Tu restes impassible et froide... je m'adresse
A toi... tu ne sais pas ce que peut la tendresse ;
Tu ne peux mesurer, tu ne peux concevoir
L'explosion d'un cœur gonflé de désespoir !

ULTIMA

Les cris sont superflus et les luttes sont vaines.

CARL

Elle dit vrai... mon sang se glace dans mes veines !
Berthe est perdue et rien ne peut la préserver.

ULTIMA

Ecoute cependant... voudrais-tu la sauver ?

CARL

Ah ! quel mot a frappé mon oreille ravie !
La sauver! la sauver !.. fut-ce au prix de ma vie,
Je suis prêt.

ULTIMA

Justement, voilà ce qu'il me faut,

Ta vie.

De te prendre en tous lieux ; mais si tu veux revoir

Ces jardins où ton âme à l'amour s'est ouverte,

Viens ici... Seulement, pour le salut de Berthe

Viens, ou le pacte est nul.

CARL

Ne crains rien, j'y serai.

ULTIMA

A huit heures, c'est dit.

Ultima longe lentement les massifs d'arbres et elle sort. Carl s'éloigne par le fond du jardin ; Berthe sort soudain de la chapelle, et tendant la main dans la direction de Carl, elle s'écrie :

BERTHE

Carl ! je te sauverai !

Elle vient sur le devant de la scène.

SCÈNE XIV

BERTHE

Là, j'ai tout entendu !.. Purs esprits ! saints archanges

Qui faites de vos cœurs d'ineffables échanges !

Eblouissants gardiens de l'éternelle foi !

Anges d'un Dieu sauveur, il veut mourir pour moi !

Ah ! quand ces mots tombaient de ses lèvres aimées

Je contenais mon cœur de mes deux mains fermées,

Je luttais, j'étouffais le cri, le souffle ardent

Qu'allait faire jaillir mon amour imprudent...

Non, tu ne mourras pas, cher Carl ! ma destinée

Doit s'achever au point où le ciel l'a bornée ;

Rien n'en doit rétablir le cours interrompu...

Lorsque Carl et la Mort parlaient ici, j'ai pu

Sentir la voix de Carl jusqu'alors assurée

Tressaillir en parlant d'une mère adorée;

Il aime tant sa mère !.. Eh bien ! Dieu daignera

Me juger sans courroux, il me pardonnera

Si dans le désespoir où mon âme se plonge

En regardant le ciel je profère un mensonge ;

Dans sa bonté suprême il doit avoir compris

Qu'il me faut sauver Carl, le sauver à tout prix !

Elle aperçoit Franz dans le jardin. — Le jour baisse
lentement.

Franz ! Dieu l'envoie ici...

Appelant :

Franz ?

FRANZ, avec crainte.

Je crois qu'on m'appelle.

SCÈNE XV

BERTHE. — FRANZ.

BERTHE

C'est moi... t'ai je fait peur?

FRANZ

Peur ?... ah ! Mademoiselle,
Vous me connaissez peu, surtout en ce moment.

BERTHE

Ce que je connais mieux, Franz, c'est ton dévouement ;
Et j'en ai grand besoin.

FRANZ, à part.

Que va-t-elle m'apprendre ?

BERTHE

Tu m'aimes, n'est-ce pas?

FRANZ, à part.

Je tremble de comprendre...

à Berthe.

Pourquoi me demander cela?

BERTHE

Je sais fort bien
Que ton plus grand bonheur est d'assurer le mien;
Qu'un sourire à ma lèvre est ta plus chère envie,
Bon Franz, et que pour moi tu donnerais ta vie.

FRANZ, à part.

Nous y voilà... mon cœur se serre encor d'effroi.

à Berthe.

Parlez, ma chère enfant.

BERTHE

Mon bon Franz, jure-moi
Par le ciel qui te voit, par le Dieu qui t'écoute,
De souscrire à mon vœu le plus cher.

FRANZ, après un silence.

Il m'en coûte
De ne pouvoir me rendre avec empressement.
Songez-y, vous voulez que je prête un serment,
Un serment solennel qui m'engage et me lie
Lorsqu'il y va pour moi peut-être de la vie...
Avouez qu'à deux fois je dois m'interroger.

BERTHE

Rassure-toi, cher Franz, il n'est aucun danger
Pour toi, le supposer serait me faire injure.

FRANZ, à part.

Je l'avais mal jugée, ingrat !

à Berthe.

Parlez, je jure
D'obéir sans réplique à vos ordres.

BERTHE

Merci.
A huit heures, ce soir, Carl doit venir ici ;
Je veux l'en empêcher à tout prix... ce mystère

Est mon secret, cher Franz... Va, dis-lui que sa mère
Se meurt, qu'il a le temps à peine d'accourir
Auprès d'elle, s'il veut encor la voir mourir;
Il le faut, va!

FRANZ

Pourtant... .

BERTHE

Tu l'as juré.

FRANZ

C'est juste;

J'obéis.

Il sort.

BERTHE

J'accomplis ma mission auguste;
Carl vivra... J'ai menti, pardonnez-moi, mon Dieu !

La nuit commence à se faire dans le jardin.

La nuit tombe.

La Baronne entre et s'approche de Berthe.

SCÈNE XVI

BERTHE. — LA BARONNE.

LA BARONNE

Venez, que je me fâche un peu ;

Il faut que l'on vous gronde, ô ma Berthe adorée !

Si tard dans le jardin...

BERTHE

Quelle belle soirée !..

J'aime cette heure calme où le jour qui s'endort

Laisse briller au ciel mille étincelles d'or,

Où les fraîches senteurs de la brise qui passe

Avec les voix de l'air se fondent dans l'espace ;

Il m'a toujours semblé que vers la fin du jour

Le cœur plus recueilli s'ouvre mieux à l'amour ;

On croit avec ferveur, on sent, on prie, on aime,

N'est-ce pas ?

LA BARONNE

Près de toi ma ferveur est la même ;
Et chaque heure a reçu le don de me charmer,
Car toujours pour mon cœur c'est l'heure de t'aimer.

BERTHE

Bonne mère !..

LA BARONNE

Je crains que tu ne sois surprise
Par l'air du soir ; entrons...

BERTHE, avec délire,

Laisse mon âme éprise
Saluer le dernier rayon du jour qui fuit ;
Je t'aime, doux rayon qui précèdes la nuit,
Je vous aime, parfums qui ravissez la terre...

LA BARONNE

Que dis-tu, mon enfant?

BERTHE

Je t'aime aussi, ma mère !
Voici la fin du jour...

LA BARONNE

Ma fille !..

La Baronne entoure Berthe de ses bras et la conduit doucement sur le banc de gazon. — Huit heures sonnent ; au premier coup, Ultima paraît derrière le massif d'arbres, à droite ; elle est enveloppée d'un voile qui la rend invisible ; elle entre lentement dans le jardin et elle regarde autour d'elle.

ULTIMA

Il n'est pas là.

Elle vient sur le devant de la scène.

SCÈNE XVII

BERTHE. — LA BARONNE. — ULTIMA.

ULTIMA

O pâle humanité ! c'est bien toi, te voilà...
Carl devait se donner pour la femme qu'il aime ;
Vient-il ? non ; il a peur... l'homme est toujours le même ;
Il tremble devant moi ; l'insensé ne sait pas

Quels vastes horizons j'ouvre devant mes pas...

Berthe me reste ; allons...

Elle passe avec lenteur de l'autre côté du jardin ; elle se dirige vers Berthe ; à son approche, la jeune fille plie dans les bras de sa mère.

BERTHE

Ah!.. ma mère... c'est elle...

Elle est dans un linceul...

LA BARONNE

Mon enfant !

BERTHE

Elle est telle

Que tantôt... la vois-tu?..

LA BARONNE

Qui? je ne vois rien...

Berthe s'affaisse sur elle-même.

Dieu !

Elle se penche sur sa fille.

Berthe ?.. elle n'entend plus... et personne en ce lieu !

Au secours ! au secours !..

Ultima s'est approchée du banc.

Réponds-moi, mon cher ange ;

Ne m'épouvante plus par ce silence étrange...

Berthe, c'est moi, c'est moi, ta mère... tu sais bien

Que je t'aime... tu sais que mon unique bien,

C'est toi... réponds-moi donc, Berthe... tu dois m'entendre...

Réponds-moi... j'ai bien peur... ne me fais pas attendre...

Elle prend la main de sa fille et elle se relève d'un bond.

Ah ! justice de Dieu ! sa main est froide !..

Elle revient près de Berthe ; Ultima s'approche.

Non !

C'est impossible !.. Berthe ?.. elle murmure un nom...

Elle ne peut mourir, ce n'est pas encor l'heure ;

Quand on a dix-sept ans, Dieu ne veut pas qu'on meure.

Mon enfant ! mon enfant !..

Elle entoure de ses bras le cou de Berthe. Ultima est venue derrière la jeune fille ; elle se penche pour lui donner un baiser, quand la baronne se lève comme frappée d'une idée soudaine. Ultima écoute.

LA BARONNE

Ah ! si ce que l'on dit

Est vrai ; si dans le ciel un jour il fut prédit

Que Berthe à dix-sept ans dût mourir, ô Dieu juste !

Et si pour accomplir votre parole auguste,

Un autre, quel qu'il soit, la sauve en se donnant,

Je m'offre à vous, je m'offre à vous, Dieu rayonnant !

Prenez-moi... que ferais-je ici-bas sans ma fille ?

Je n'ai rien qu'elle au monde, ô Seigneur ! ma famille

C'est elle ; mon bonheur, c'est elle encor... pourquoi

Vivrai-je, si je dois la perdre ?.. prenez-moi !

> Elle regarde sa fille ; Berthe est toujours sans mouvement ;
> Ultima est debout et immobile derrière elle.

Prenez-moi ; j'ai vécu bien longtemps sur la terre,

Et je suis presque au bout de mon chemin austère.

Vous ne pouvez donc pas m'enlever Berthe, non !

Vous ne le pouvez pas, puisque vous êtes bon.

Seigneur ! prêtez l'oreille et de votre demeure

Vous entendrez la voix de la mère qui pleure,

Et dit, ouvrant les bras vers le ciel triomphant,

Dieu bon ! prenez la mère et préservez l'enfant !..

> Carl éperdu arrive précipitamment dans le jardin.

CARL

Berthe ! Berthe ! ô mon Dieu !..

> Il regarde autour de lui et il vient tomber aux pieds de la
> jeune fille ; Franz entre.

SCÈNE XVIII

BERTHE. — LA·BARONNE. — ULTIMA. — CARL.
FRANZ.

CARL, aux pieds de Berthe et avec désespoir.

Trop tard !.. elle est perdue !..

LA BARONNE

Ayez pitié, Seigneur ! vous m'avez entendue.

Ultima se penche encore ; elle va prendre l'âme de Berthe
dans un baiser, lorsque la voix de l'orgue se fait entendre dans la
chapelle ; Carl et la Baronne se lèvent ; Franz se découvre. Ultima
recule de quelques pas tenant les mains étendues devant elle ;
Vita paraît sur le seuil de la chapelle.

VITA

Entends ç'e chant sacré qui ravit le saint lieu ;
C'est Dieu qui se révèle, ange de mort !

ULTIMA

C'est Dieu !..

Elle recule devant Vita qui tient le bras levé vers le ciel, et elle disparait derrière les massifs d'arbres ; à mesure qu'elle s'éloigne, Berthe revient à elle.

LA BARONNE

Ma fille !.. elle vivra !..

BERTHE

Carl... ma mère... ai-je encore Rêvé ?

LA BARONNE

Non ; c'est bien moi.

CARL

C'est ton Carl qui t'adore.

Vita a tourné derrière le banc et elle paraît devant la Baronne.

VITA

Vous avez prié Dieu ; votre cri maternel
Est monté jusqu'aux pieds de son trône éternel ;
Rendez grâce, du fond de votre âme éplorée,
A ce Dieu qui vous rend votre fille adorée.

LA BARONNE

Merci, Seigneur!.. et vous, mes enfants, pour toujours
Soyez unis; que Dieu vous laisse de longs jours,
Et vous donne ma part de bonheur sur la terre.

FRANZ

Le chef-d'œuvre de Dieu, c'est le cœur d'une mère.

Vita regarde le ciel avec amour; Carl et Berthe unissent leurs mains devant la Baronne qui les bénit. — La toile tombe.

Genève. — Imprimerie A. Vérésoff.